Ultime et émouvant hommage, ce livre a été offert à l'Institut Français d'Ecosse par une très fidèle et regrettée amie; Laure Mitchell.

Comme un chant d'espérance

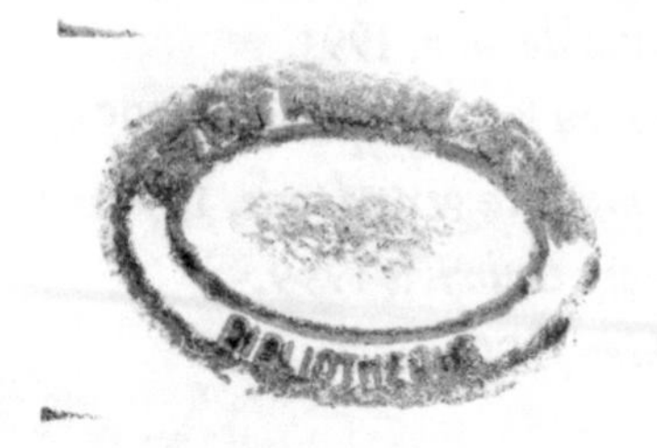

DU MÊME AUTEUR

AUX ÉDITIONS GALLIMARD

Du côté de chez Jean, Julliard, 1959, épuisé. Folio, 1978.

Un amour pour rien, Julliard, 1960, épuisé. Folio, 1978.

Au revoir et merci, Julliard, 1966, épuisé. Folio, 1976.

La Gloire de l'Empire, 1971.

Au plaisir de Dieu, 1974.

Le Vagabond qui passe sous une ombrelle trouée, 1978.

Dieu, sa vie, son œuvre, 1980.

Discours de réception à l'Académie française de Marguerite Yourcenar et réponse de Jean d'Ormesson, 1981, épuisé.

Discours de réception à l'Académie française de Michel Mohrt et réponse de Jean d'Ormesson, 1987.

Album Chateaubriand, Bibliothèque de la Pléiade, 1988, épuisé.

Garçon de quoi écrire, entretiens avec François Sureau, 1989.

Histoire du Juif errant, 1990.

La Douane de mer, 1993.

Presque rien sur presque tout, 1996.

Casimir mène la grande vie, 1997.

Le Rapport Gabriel, 1999.

C'était bien, 2003.

SUITE EN FIN DE VOLUME

Jean d'Ormesson

de l'Académie française

Comme un chant d'espérance

Roman

Éditions Héloïse d'Ormesson

www.editions-heloisedormesson.com

ISBN 978-2-35087-276-6

Dans ton Néant j'espère trouver le Tout.

Goethe,

Faust

Contenant la promesse du Tout, le Rien désigne
le Non-être, le Non-être n'étant autre
que ce par quoi l'être advient.

François Cheng,

Cinq Méditations sur la mort

Dans ton Néant, j'espère trouver le Tout

Goethe,

Faust

Contenant la promesse du Tout, le Rien désigne le Non-être, le Non-être n'étant guère [illegible] ce par quoi l'être advient.

François Cheng,

Cinq méditations sur la mort

Prologue

L'idée, chère à Flaubert, d'un roman sur rien m'a longtemps travaillé en silence. Elle m'est revenue en mémoire par un détour bizarre. Pour préparer deux de mes livres récents – *C'est une chose étrange à la fin que le monde* et *Un jour je m'en irai sans en avoir tout dit* –, je me suis intéressé en néophyte à un domaine qui m'était étranger et qui a fait depuis cent ans des progrès fascinants : la physique mathématique et la cosmologie.

Parvenant, comme par miracle, en suivant des chemins divers, à des conclusions identiques, qu'est-ce que les mathématiciens et les astronomes ont découvert de notre vivant, les uns en théorie et par le calcul, les autres par l'expérience et par l'observation ? Pour dire les choses en un mot, que l'univers a une histoire. C'était un coup de tonnerre dans le ciel de la science.

Longtemps, de grands esprits, Aristote en tête, ont pensé que le monde était immobile et éternel. Les Grecs, qui ont presque tout inventé il y a deux mille cinq cents ans sur les côtes de l'Ionie, c'est-à-dire de la Turquie d'aujourd'hui – la géométrie, la mathématique, la philosophie, le théâtre, l'éloquence, la démocratie… –, n'avaient pas manqué de remarquer, se référant tout naturellement aux deux astres les plus brillants au firmament du jour et de la nuit, que tout ne cessait jamais de changer sous le soleil et dans ce qu'ils appelaient notre monde sublunaire. Une formule d'Héraclite, né à Éphèse, est restée célèbre : πάντα ῥεῖ – tout passe. Mais derrière les changements qui se succédaient dans son sein, le monde lui-même ne bougeait pas. Il était là. C'est tout ce qu'on pouvait en dire. Rival d'Héraclite, Parménide soutenait à Élée, en Grande-Grèce, autrement dit en Italie du Sud, que l'être est et que le non-être n'est pas. Le non-être ne devait même pas être évoqué : il était impossible d'en parler. Pour Socrate, pour Platon, pour Aristote, successeurs de Parménide et d'Héraclite, l'homme était la mesure de toutes choses et la Terre sur laquelle il régnait était immobile et éternelle au centre de l'univers, immobile comme elle et éternel comme elle.

Un certain nombre de populations qui ont longtemps passé pour primitives au regard de la culture grecque avaient une autre vision de l'univers qui les entourait. Le monde, pour elles, était sorti du néant après des aventures qui prenaient, en Mésopotamie, en Égypte, aux Indes, en Chine, en Afrique, en Amérique précolombienne, dans les pays scandinaves – et d'ailleurs en Grèce même pour l'homme de la rue –, les formes les plus diverses. D'innombrables mythes, pleins d'animaux fabuleux, de tortues géantes, de chevaux à huit jambes, de serpents à plumes, de fleurs de lotus, d'arbres enchantés, de fontaines magiques, de potiers divins, de généalogies compliquées de déesses et de dieux qui s'engendraient les uns les autres et de nourrissons nés par miracle, prétendaient rendre compte du commencement de ces choses qui prenaient la place de leur absence et que nous appelons le monde.

Un peuple, en particulier, s'était construit autour d'un livre sacré qui devait jouer un rôle considérable dans la brève histoire des hommes. C'était un petit peuple venu de Mésopotamie sous la conduite d'Abraham et installé en Méditerranée orientale : les Hébreux.

Le texte qui ouvrait leur Torah – la future Bible des chrétiens – s'appelait la Genèse. Elle racontait la création en six jours, par un Dieu caché qu'il était interdit de représenter et auquel il était à peine permis de donner un nom, d'un monde qui n'était pas éternel. Dans la crainte et le tremblement, les Juifs appelaient leur Dieu Jéhovah, ou Jahvé, ou Elohim, ou Adonaï. Il faisait sortir du néant le ciel et la terre, la lumière, les arbres, les animaux et enfin, sous les noms d'Adam et d'Ève, l'homme et la femme. Les formules de la Genèse sont les paroles les plus célèbres de toute l'histoire des hommes : « Au commencement, Dieu créa le ciel et la terre… Il dit : *Que la lumière soit!* Et la lumière fut… Dieu appela la lumière jour et il appela les ténèbres nuit. Ainsi, il y eut un soir et il y eut un matin : ce fut le premier jour. »

Depuis une centaine d'années, les calculs et les observations de mathématiciens, de physiciens et d'astronomes de génie – Planck, Gamow, Friedmann, Lemaître, Einstein, Hubble, Bohr, Heisenberg, beaucoup d'autres – ont établi que l'univers était en expansion à la suite d'une explosion primitive, il y a treize ou quatorze milliards d'années. Très loin du récit de la Bible, le monde vu par la science est pourtant, sur un point essentiel, plus proche de l'enseignement de la Genèse que des conceptions d'Aristote : il a eu un début et il aura une fin. Il avait une histoire.

❧

Ce qui m'a le plus intéressé dans cette formidable aventure du savoir qui va de la découverte fondamentale par Hubble de l'éloignement continu et accéléré des galaxies entre elles, confirmée par la découverte accidentelle du rayonnement fossile par Penzias et Wilson, à la découverte par l'équipe du CERN à Genève du boson de Higgs, dit, improprement et par exagération médiatique, le « boson de Dieu », c'est l'impossibilité de remonter dans le passé au-delà – ou en deçà, comme vous voudrez – d'une fraction infinitésimale de seconde après l'explosion primitive d'où sort le grain de poussière minuscule qui deviendra l'univers.

On dirait une blague. À un millionième, ou à un milliardième, ou à un centième de milliardième de seconde, je ne sais pas, après le début du début – il faut imaginer 0 seconde, 000... suivie encore d'une quarantaine de zéros avant que surgisse enfin un 1 –, s'élève soudain un mur infranchissable. Ce n'est pas un mur religieux, théologique, poétique, philosophique, idéologique. Non. C'est un mur scientifique. Il s'appelle le « mur de Planck ».

Au-delà du mur de Planck, nos lois ne sont plus valables. Les lois universelles qui s'appliquent d'un bout à l'autre de notre immense univers ne fonctionnent plus. La toute-puissante physique mathématique qui nous a révélé tant de secrets hoquette, bafouille, perd pied et s'arrête pile. Tout se passe comme si un malin génie jaillissait tout à coup au seuil de notre univers sur le point de voir le jour en brandissant une pancarte : « Au-delà de cette limite, votre science n'a plus cours. »

C'est la pancarte brandie il y a treize ou quatorze milliards d'années par le malin génie qui m'a remis à l'esprit l'idée, émise par le père de *Salammbô* et de *Madame Bovary*, d'un roman sur rien.

❧

Flaubert pensait que le romancier n'avait pas besoin d'événements. Gide ne dit pas autre chose dans *Les Faux-Monnayeurs* quand il veut « dépouiller le roman de tous les éléments qui n'appartiennent pas spécifiquement au roman ». « Les événements externes, précise-t-il, les accidents, les transmutations appartiennent au cinéma. Il sied au roman de les lui laisser. » Au cinéma, bien sûr, et au journalisme. Les journalistes ont un besoin ardent d'événements. Ils aiment surtout ce qui se passe dans le monde de surprenant et de bizarre : la guerre, le crime, les excès du pouvoir, de l'argent, du sexe, les catastrophes, les tsunamis, les accidents d'avion, les trains qui arrivent en retard. Une histoire italienne – les Italiens ne détestent pas se moquer d'eux-mêmes avec élégance – illustre l'idéal du journalisme d'aujourd'hui. Sur le quai de la gare de Palerme ou de Naples, un voyageur consulte sa montre et dit au chef de gare : « Le train d'aujourd'hui n'a que dix-sept minutes de retard. » « Ah ! monsieur, lui répond l'employé, c'est le train d'hier qui a vingt-quatre heures et dix-sept minutes de retard. » L'écrivain a le droit de s'intéresser ou de ne pas s'intéresser aux soubresauts de l'histoire, à ses anecdotes, à ses rebondissements. Son domaine, ce sont les mots. Les mots sont pour Gide au service de l'imagination : « Le romancier, d'ordinaire, écrit-il, ne fait point suffisamment crédit à l'imagination du lecteur. » Flaubert va plus loin encore. L'imagination, pour le romancier, est encore de trop : la littérature se suffit à elle-même.

Quand Flaubert parle d'un roman sur rien, il se démarque d'Eugène Sue, de Ponson du Terrail et même du cher et grand Dumas qui, dans ses *Mémoires* comme dans ses romans, nous entraîne au galop dans d'inépuisables aventures. Contre Jules Verne, qui avait une espèce de génie, contre Sherlock Holmes ou Arsène Lupin ou James Bond qui nous ont tant amusés, ce que défend Flaubert, c'est le style. Les livres ne survivent pas grâce aux histoires qu'ils racontent. Ils survivent grâce à la façon dont elles sont racontées. La littérature est d'abord un style qui éveille l'imagination du lecteur.

❧

Un roman sur rien tel que l'appelait de ses vœux l'auteur de *L'Éducation sentimentale* est, en vérité, un paradoxe, une chimère, un pari intenable, une illusion. Même sur rien, le romancier est bien obligé de raconter quelque chose. Il a beau écarter le plus d'événements, d'anecdotes, de rebondissements possible, il reste toujours des détails, des nuances, des reflets, des riens qui sont encore quelque chose à rapporter et à décrire. Ce qu'il y a proprement d'indicible et d'inouï derrière le mur de Planck, avant la fraction minuscule à quarante-trois zéros qui suit notre fameuse explosion primordiale, c'est qu'il n'y a ni nuances, ni reflets, ni suppositions, ni hypothèses, ni aucun de ces riens qui nous occupent tous autant. C'est tout simple : il n'y a rien.

C'est ce rien de rien – sa nature, ses conséquences – qui m'a paru fournir le plus beau des sujets de roman, le seul qui réponde vraiment au vœu mélancolique exprimé par Flaubert.

❧

Les hommes se sont souvent interrogés sur le néant. Celui d'après la mort, d'abord ; celui d'avant le monde, ensuite. Est-ce le même ? Qui le sait ? Et surtout, dans un cas comme dans l'autre : est-ce vraiment un néant ? N'y a-t-il vraiment rien dans ce que nous appelons le néant ? Il n'est pas exclu qu'il y ait quelque chose. Il est certain que rien n'est sûr.

Il n'est pas sûr qu'il ne reste rien, après la mort, d'un passé évanoui, d'un être jadis vivant, d'un homme ou d'une femme qui a eu des pensées, des passions, des souvenirs, des projets. Il n'est pas sûr non plus que le monde où nous vivons ait surgi du néant, que notre tout soit sorti de rien. Le contraire n'est pas sûr non plus. La vérité est que sur l'avant-notre-monde comme sur l'après-notre-mort nous ne savons rien. Nous pouvons croire. Nous pouvons rêver. Nous pouvons espérer. Nous ne pouvons pas savoir. Déployés dans l'espace et dans le temps, notre savoir et notre puissance sont bornés avec rigueur, là-haut, dans le passé, par notre fameux mur de Planck, et là-bas, dans l'avenir, par notre non moins fameuse mort.

Tout ce que nous pouvons faire, et en deçà et au-delà, c'est inventer, rêver, imaginer. Dans la vie de chaque jour, nous passons notre temps à nous heurter au monde et aux autres. Il y a le désir, l'argent, la passion, la folie, la carrière, les voyages, le succès, le désespoir, la mémoire et l'histoire. C'est une tragédie, c'est une comédie, c'est souvent une farce, et parfois un opéra. Avant et après, de l'autre côté des deux murs, c'est de l'imagination pure : c'est un roman. Assez loin de *La Princesse de Clèves*, d'*Adolphe*, de *La Chartreuse de Parme* ou de *La Recherche*, c'est ce roman que j'ai essayé d'écrire.

Toute ressemblance avec des personnages ayant réellement existé serait le fruit du hasard. La formule traditionnelle prend ici toute sa valeur. S'il y a quelque chose – qui sait ? – après notre mort, il est certain, en tout cas, que ce ne peut être qu'*autre chose.* Et s'il y a quelque chose – qui sait ? – avant notre univers, ce ne peut aussi être qu'*autre chose.* Tout le problème, quand on se met à parler de ce néant dont selon Parménide il est impossible de parler, est que cet *autre chose* doit être traduit dans la langue de notre monde et de notre vie. C'est cette traduction que je propose aujourd'hui en me gardant d'oublier que toute traduction est toujours une trahison – et le plus souvent une erreur, une faute ou un délire.

I

Il n'y avait rien. Et ce rien était le tout. Le tout et le rien se mêlaient l'un à l'autre et se confondaient l'un avec l'autre.

Il n'y avait pas d'étoiles. Il n'y avait pas de nuages. Il n'y avait ni arbres, ni ruisseaux, ni coccinelles, ni guerriers. Il n'y avait pas de paroles. Ni de rêves. Il n'y avait pas de formes, il n'y avait pas de couleurs et il n'y avait pas de musique. Il n'y avait même pas de sphères. Ni de passé. Ni d'avenir. Et il n'y avait pas de nombres. Il n'y avait rien.

Pour donner une idée de ce rien qui était le tout, il faudrait une nuit obscure. Un silence complet. Un vide absolu. Quelque chose comme une page blanche où la page et le blanc et, bien sûr, l'œil pour les voir seraient encore de trop.

Une nuit, un silence, un vide – ne parlons même pas de la page blanche – ne peuvent donner qu'une idée très imparfaite du néant avant l'univers et avant le mur de Planck. Supprimez les êtres vivants, les choses, le Soleil et la Lune, les étoiles, jusqu'aux couleurs et aux sons, jusqu'à l'air qu'on respire, jusqu'aux ondes et aux atomes, faites le vide et le noir sans la moindre lueur et sans le moindre bruit – il restera toujours quelque chose : il restera l'espace et ce fantôme sans chair et sans os, sans la moindre présence et pourtant implacable, que nous appelons le temps.

Avant le monde et son train, il n'y avait pas d'espace et il n'y avait pas de temps. Il y avait bien quelque chose : c'était l'éternité. L'éternité se confondait avec le tout et avec le rien.

II

Il y a quatorze milliards d'années, un peu plus, un peu moins, une explosion se produit. C'est notre bon vieux big bang où commence tout ce que nous sommes. En surgit quelque chose d'indicible et de minuscule, à une température et d'une densité qui défient l'imagination. À partir de cette pointe d'épingle, des milliards de fois plus petite qu'un grain de sable ou de poussière, l'espace sort du néant. Il n'en sort pas immuable ni armé de pied en cap. Il entre par une petite porte et à pas mesurés dans une phase d'expansion qui se poursuit encore aujourd'hui.

Inséparable de l'espace, le temps se met à couler. En naissent les étoiles, les galaxies, le Soleil et la Lune, la Terre, la guerre du feu, les pyramides d'Égypte, la chute de Troie, l'Acropole d'Athènes, la Grande Muraille de Chine, les *Confessions* de saint Augustin, *Le Songe de sainte Ursule* par Carpaccio et *Le Songe de Constantin* par Piero della Francesca, la *Cantate du café* de Bach et *La Vie parisienne* d'Offenbach. J'écris ces mots. Et vous les lisez. Le monde s'est mis en marche. Que s'est-il donc passé ?

III

Depuis ses origines, l'univers fonctionne à coups de hasards et de nécessité. Depuis quelques millénaires, les hommes, qui sont des créatures étonnantes nées de ces hasards et de cette nécessité avec des pensées, des souvenirs et des projets, essaient de comprendre cet univers. Ils se sont d'abord imaginé que des forces magiques se cachaient derrière les choses. Ils ont cru ensuite à une foule de déesses et de dieux qui vivaient au-dessus d'eux et qui décidaient de tout. Ils ont fini par adorer un Dieu unique et tout-puissant qui régnait sur le monde. Plus tard encore, un peu partout, beaucoup ne croient plus à ces légendes d'en haut si longtemps caressées. Ils espèrent que la science parviendra, un jour, dans un avenir lointain, à tout expliquer de ce monde invraisemblable dans lequel, sans le vouloir, nous avons tous été jetés. Et qu'elle suffira à répondre à toutes les questions que nous sommes en droit de poser.

Depuis trois mille ans, et surtout depuis un peu plus d'un siècle, de notre vivant ou du vivant de nos parents, la science a découvert que la Terre était ronde, qu'elle tournait autour du Soleil, que sur la Terre comme dans le ciel tous les objets sans exception s'attiraient les uns les autres, que les galaxies se dispersaient dans l'espace, que l'univers était en expansion et qu'avant d'avoir une fin inéluctable au loin il avait eu un début. Un mystère profond entoure pourtant cette fin et peut-être plus encore ce début. Comment était-on passé du rien à ce que nous appelons notre tout, de l'éternité à notre temps, et du néant à ce monde toujours en train de se développer et de courir vers son terme ?

IV

Il est permis de penser que l'immense univers avec sa Terre minuscule dans un coin reculé où est née la pensée constitue, une fois pour toutes, un événement singulier, sans pareil, unique et qu'il n'y a rien d'autre ni avant lui, ni après lui, ni autour de lui. Mais il ne manque pas de bons esprits pour imaginer que des univers sans nombre, baptisés *multivers*, accompagnent ce monde qui nous paraît déjà démesuré. Peut-être des multivers sans fin s'enchaînent-ils les uns aux autres dans une alternance en accordéon d'extinctions et de renaissances ? Peut-être notre big bang n'est-il que le choc de deux multivers sur le point de donner naissance à notre monde d'aujourd'hui ? Pourquoi pas ? Un certain nombre de calculs purement mathématiques semblent aller dans ce sens. Toute vérification expérimentale, en revanche, est par définition exclue. Instrument formidable dans l'espace et le temps, la mathématique est une science où personne ne sait jamais de quoi on parle – de pommes, de poires, de particules, de points, d'étoiles, de galaxies, d'univers... – ni si ce qu'on dit a une réalité. Les choses se passent en tout cas comme si notre big bang constituait un début absolu. La formule *comme si* pourrait d'ailleurs servir de clé à tout ce qui va maintenant défiler sous nos yeux.

V

Le hasard et la nécessité qui assurent le fonctionnement du monde ont pu aussi présider à sa naissance et à sa création.

À peine ces mots sont-ils écrits que les questions fusent de toutes parts. Si le hasard et la nécessité sont à l'origine de notre univers, d'où vient l'espace, tantôt plein, tantôt vide, et toujours universel ? Et d'où vient ce temps qui nous paraît si simple et qui est d'une affreuse et cruelle complication ? D'où vient la nécessité elle-même, car il n'y a pas de nécessité de la nécessité ? Et le hasard est-il vraiment capable de produire un monde où règne un ordre réglé par une rigueur implacable ?

Le hasard suffit, en effet, à expliquer tout ce qui relève d'une évolution qui est la clé de la vie. Et à expliquer, au-delà de la vie, l'histoire de l'univers. Mais ni l'espace, ni le temps, ni la nécessité ne sont le fruit de l'évolution. Ils sont là. Ils sont donnés. Ils sont massifs et inexplicables. Ils ne proviennent pas du hasard. Le hasard règne sur les avatars de la matière, de la vie, de l'histoire. Il ne suffit pas à rendre compte de l'espace, ni du temps, ni de ces lois d'airain qui font tourner l'univers.

VI

En face et à la place d'un hasard aveugle et d'une nécessité qui serait surgie de nulle part, une autre hypothèse, tout aussi étrange et à peine plus absurde, mais peut-être plus rassurante, en tout cas plus romanesque et largement répandue, met au cœur du big bang ce mélange de tout, de rien et d'éternité que nous avons pris l'habitude d'appeler Dieu.

Aux yeux au moins des hommes enfermés dans le temps, Dieu, hors du temps et du monde, n'est rien d'autre que rien. Mais comme ce rien, avant l'explosion primordiale, constituait le tout, Dieu se confond aussi avec le tout. Il est d'abord le vide. L'absence et le refus du monde et du temps. La nuit obscure de l'âme chantée par les mystiques. Il est aussi le plein. Il est aussi la lumière. La gloire du jour. La joie du Soleil qui éclaire notre monde et des étoiles qui brillent dans les ténèbres. La masse énorme de l'histoire. Dieu n'est rien. Dieu est tout et il est le tout. Dieu est l'éternité. Il nous arrive d'ailleurs de l'appeler l'*Éternel.*

Le fond de l'affaire tient en deux mots : si Dieu existe, il est esprit – « L'esprit de Dieu se mouvait sur les eaux… » – et il est volonté – « Dieu dit : *Que la lumière soit!* Et la lumière fut… ». La science a rejeté les causes finales qu'Aristote conservait dans sa célèbre classification des quatre types de causes : la cause matérielle, la cause formelle, la cause efficiente et, plus importante que les trois premières, la cause finale – le terme *finale* ne signifiant pas qu'un processus se termine, qu'il prend *fin*, mais qu'il a un *but*, et donc un *sens*. L'univers a-t-il un but et un sens ? Le débat est entre Aristote et la science. Si Dieu existe, il est volonté – la volonté de Dieu va avec son omniscience puisqu'il sait tout et avec sa toute-puissance puisqu'il ne lui est rien d'impossible – et il est vision d'un avenir qui ne repose que sur lui et qui a un but et un sens.

VII

Dieu est peut-être esprit et il est peut-être volonté. Il est surtout *autre chose* que tout ce que nous pouvons connaître. Impossible aux hommes, prisonniers de l'espace et du temps, de le comprendre ni de l'imaginer. Ni même de le concevoir.

Dieu, bien entendu, n'est ni un homme ni une femme, ni un Blanc, ni un Noir, ni un Rouge, ni un Jaune, ni un vieillard, ni un enfant. Il n'est pas un fantôme. Il n'est pas une apparition. Il n'est sûrement pas un miracle : le miracle, ce n'est pas lui, ce sont ses créatures. Il n'est pas un éclair, il n'est pas un trait de lumière et il n'est ni une ombre ni une forêt obscure. Dieu ne peut pas être exprimé par les mots dont nous nous servons sur ce grain de poussière minuscule, perdu dans le gigantesque univers, où nous avons surgi, Dieu sait pourquoi. L'esprit de Dieu n'a rien de commun avec ce que nous appelons *esprit*. La volonté de Dieu n'a rien de commun avec ce que nous appelons *volonté*.

Nous ne pouvons parler de Dieu que par analogie. La parole de Dieu, qui va tant nous occuper, n'est qu'une figure de style et une analogie. Si Dieu était quelque chose, ce qu'il n'est pas, il serait plutôt un silence et une absence d'une densité infinie. Ou une idée pure et sans bornes qui ne renverrait qu'à elle-même. Ou une équation mathématique dotée, comme par enchantement, d'une formidable énergie et d'un feu intérieur d'où surgiraient toutes choses. Dans l'une au moins des trois religions du Livre et du monothéisme – le christianisme, auquel j'appartiens –, les peintres, les sculpteurs, les philosophes, les poètes n'ont jamais hésité à représenter un Dieu qui était pure absence et qu'ils appelaient Dieu le Père. Comme Michel-Ange ou Raphaël, comme la Bible – ou la Torah –, je me permettrai, moi aussi, avec humilité et audace, de faire apparaître et parler un Dieu dont nous savons tous très bien qu'il n'était et qu'il n'est que silence et absence.

VIII

Il est impossible aux habitants de ce monde de se faire la moindre idée du néant, de l'infini et de Dieu. La tâche inverse d'inventer un monde à partir du rien et de son éternité peut paraître, à première vue, aussi désespérée. Les galaxies, le système solaire, la vie, l'histoire, la pensée étaient aussi invraisemblables aux yeux du vide et de l'Éternel que Dieu aux yeux du monde et du temps. Il y a pourtant un abîme entre les deux regards. D'un côté, les hommes, minuscules insectes perdus dans l'immensité, sont incapables de se représenter Dieu ; de l'autre, Dieu tout-puissant, sans le moindre effort, sans la moindre hésitation, voit se dérouler dans sa totalité et dans ses moindres détails l'histoire de ce monde qui n'a pas toujours existé.

IX

La tradition, la légende, le redoutable sens commun toujours impatient de se tromper imaginent souvent Dieu sur le point de prendre la décision de créer le monde. Ils le présentent même parfois en train d'hésiter. Aurait-il pu créer un autre univers que le nôtre ? A-t-il pesé le pour et le contre avant de passer à l'action ? Aurait-il pu choisir de ne rien faire jaillir du néant infini ? Toutes ces interrogations n'ont naturellement aucun sens.

Dieu ne pouvait pas hésiter, délibérer, choisir entre plusieurs solutions. Non pas seulement parce qu'il est tout-puissant et que l'hésitation n'est pas dans son caractère ni l'incertitude dans son tempérament. Mais d'abord et surtout parce que toute hésitation, tout choix, toute délibération ne peut se dérouler que dans le temps. Tout ce qui relève d'une démarche intellectuelle, du désir, de l'histoire est lié au temps. Le temps ne coule pas dans l'éternité. Il est impossible de se représenter Dieu en train d'hésiter entre plusieurs modèles du monde à la façon d'un acheteur qui hésite longuement entre deux modèles de voiture ou d'équipement électroménager.

Il faut aller plus loin. Dieu n'a pas pu *décider* de créer l'univers. Aucune succession d'instants, aucun cortège de possibles n'est concevable hors du temps. Ni aucune décision. La création du monde ne se situe pas à un instant précis. Elle était décidée, elle était acquise de toute éternité. Ou plutôt elle était, elle est, elle sera décidée et acquise de toute éternité.

Ce n'est pas assez dire que le monde réel est le meilleur des mondes possibles. Tous les autres sont imaginaires. Le nôtre, tout à coup, s'est mis à exister.

X

En imagination, l'univers né du néant ou de ce que nous appelons le néant aurait pu être différent de celui que nous connaissons et qui nous est devenu familier. Il aurait pu être immobile, fixé une fois pour toutes, sans aucun imprévu, gravé dans un marbre sans faille. Un paradis immuable ou un enfer sans issue. Il aurait pu être chaotique, sans la moindre règle, charmant d'incertitude ou d'un désordre effroyable. Il aurait pu n'être rien du tout ou être n'importe quoi. Il est tout à fait autre chose.

Il est changeant et réglé à la façon d'une symphonie, d'une série d'équations, d'un tableau mouvant et divers, d'un roman imprévu et pourtant prévisible et, en fin de compte, nécessaire, qui se poursuit de chapitre en chapitre. Il est ce rêve cohérent, tantôt plein de délices et tantôt très cruel, que nous appelons réalité. Il est fait de changement, d'évolution, de développement et de lois. Il est construit sur quelque chose de stupéfiant, de radicalement absent du néant de la mort ou de l'infini. Quelque chose qui, par un miracle sans cesse recommencé, nous paraît tout simple et tout naturel. Quelque chose d'obscur et de lumineux qui est lié à l'espace et que nous appelons le temps.

XI

Avec son passé qui n'est plus, son avenir qui n'est pas encore et son éternel présent toujours en train de s'évanouir entre souvenir et projet, le temps est la plus prodigieuse de toutes les machineries. Aucun phénomène de la nature, aucune invention humaine, aucune combinaison de l'esprit, aucune intrigue de roman, de cinéma, de théâtre ou d'opéra, si compliquée qu'elle puisse être, ne lui parvient à la cheville. À un être venu du néant éternel et qui ne connaîtrait rien de notre monde, il serait impossible d'expliquer cette transformation d'un avenir en passé à travers un présent qui nous semble si simple et si évidente.

L'avenir n'est nulle part et il ne manque pourtant jamais de nous tomber dessus. Le passé n'est plus, mais il a été et, d'une certaine façon, il est pourtant encore, mais personne ne sait où. Le présent est une espèce d'éternité au rabais, d'éternité de pacotille, sans cesse pressé de passer et pourtant toujours là.

Cauchemar apprivoisé, très antérieur à l'homme, le temps est lié à la pensée de façon si troublante qu'une sorte de vertige naît de sa seule évocation. Indicible et inconcevable, le temps est encore plus difficile à penser que ce néant dont Parménide assurait qu'il ne fallait même pas en parler. Planant si loin au-dessus de notre misérable condition, l'éternité elle-même prend au regard du temps l'allure d'un jeu d'enfant. Contrairement aux apparences une fois de plus trompeuses, le temps est un miracle et l'éternité est toute simple.

XII

Le temps est la marque de fabrique laissée par Dieu sur l'univers. Il naît dans la première fraction infinitésimale de notre longue aventure. Il se jette sur le monde dans l'explosion primordiale à laquelle, pour rire, nous avons donné le nom de big bang.

Impossible de mieux marquer ce qu'il y a d'immense et de dérisoire dans notre réalité qui est mouvement et croissance, qui est progrès et déclin. Dès le premier instant, si triomphal, la fin est déjà inscrite. Parce que toute chose commence avec le temps meurtrier, la naissance de ce tout qui nous paraît éternel avec son soleil et sa lune, avec ses étoiles, avec ses jours et ses nuits qui se succèdent sans se lasser, avec sa longue histoire, avec ses drames et ses bonheurs, n'est rien d'autre que l'annonce de sa mort. Dieu lâche le temps sur le monde pour le créer et le détruire. Alpha et Oméga. Vishnu et Siva. Le début appelle la fin. La mort est l'autre nom de la vie. Comme la naissance de chacun d'entre nous, la première fraction de seconde de cet univers encore tout neuf est déjà lourde de sa disparition. Jailli du néant, le monde, plongé dans le temps, est, dès son origine, un retour au néant.

XIII

Tout à fait au début, le monde n'est presque rien. Et, tout à fait au début, il est déjà immense par sa température et par sa densité. Il était difficile à Dieu de mieux montrer d'un seul coup et avec plus d'éclat ce que seraient la matière, l'histoire, la vie, la pensée : à la fois rien et tout. Un torrent de grandeur et de fragilité.

Dans la première fraction de seconde de l'univers, la totalité de l'histoire du monde est déjà au travail. Il n'y a plus qu'à laisser le temps faire et défaire son œuvre. Dieu peut se retirer dans son néant infini. Le temps, qui n'était pas encore et qui règne déjà, suffit à le remplacer ici-bas.

Il ne le remplace pas tout seul. Indissoluble du temps, l'espace naît lui aussi de l'explosion primitive. À eux deux, mais différemment, ils sont la petite monnaie et les héritiers de Dieu, impatient de disparaître derrière sa création.

XIV

Dans le néant infini de Dieu – comme dans le néant de la mort pour chacun d'entre nous –, il n'y avait ni espace ni temps. Le coup de génie de Dieu est d'avoir créé l'espace et d'avoir créé le temps.

L'espace, comme chacun d'entre nous, surgit minuscule et rêveur de l'infini du rien. C'est la pointe d'épingle très dense et très chaude, dont on nous rebat les oreilles, une poussière, un grain de matière appelé à croître et à se développer. La science nous apprend que l'espace, né avec et dans le big bang, est, depuis treize milliards sept cents millions d'années, en expansion accélérée. Cette expansion se poursuit. Pour toujours? Personne ne le sait. Il n'est pas impossible que le mouvement s'inverse et qu'une phase de contraction succède à la phase d'expansion. La science d'aujourd'hui incline pourtant plutôt vers une expansion continue qui s'achèverait au loin dans une dissolution glaciale et non dans un retour à la fournaise primitive. Inséparable de l'espace, le temps, lui, coule immuable et universel, toujours semblable à lui-même. Et il s'accumule.

Nous savons à peu près ce qu'est l'espace, ordre de la coexistence et de notre puissance, avec ses trois dimensions – et peut-être beaucoup d'autres, enroulées et cachées, invisibles à nos yeux. Nous ignorons ce qu'est le temps, ordre de la succession et de notre impuissance, dont l'univers entier et nous-mêmes subissons les effets et dont les physiciens assurent qu'il n'existe peut-être même pas. Autant l'avouer tout de suite : avec un espace si simple et si obscur, avec un temps si évident, si complexe et si improbable, nous vivons en plein mystère.

Dieu est sans doute un mystère. Mais le monde lui-même est aussi un mystère. Il faut nous rendre à l'évidence : du mystère du rien est sorti le mystère de notre tout. Un mystère a donné naissance à un autre mystère. Dieu, aujourd'hui, reste pour nous un mystère. Quant aux mystères de l'espace et du temps, toujours en train, l'un et l'autre, de se dilater et de s'accroître, nous nous sommes si bien habitués à eux qu'ils nous semblent familiers et d'une transparence à la fois terrifiante et tout à fait confortable.

XV

Nous vivons, rien de plus clair, dans un monde en train de se développer grâce à l'espace et au temps. À la différence du néant infini, où rien ne bouge jamais et dont la mort nous donne une idée, sa loi est le changement. Disons-le d'un mot : Dieu n'a pas créé un état permanent, une situation stable, un système bloqué sur lui-même : il a créé une histoire.

Cette histoire est confiée au temps. Elle a deux béquilles, deux ministres, deux lois qui se renforcent l'une l'autre : le hasard et la nécessité. Tout se passe dans ce monde comme si Dieu avait confié ses pouvoirs au temps, appuyé sur le hasard et la nécessité.

Dieu, en créant l'univers, s'est interdit lui-même à la façon du joueur qui se ferme volontairement les portes du casino. Il s'est rendu inutile à la marche du monde. Au moins apparemment, puisque l'espace, le temps, la nécessité n'en finissent jamais, mais en secret, d'être soutenus par lui.

XVI

Pour soutenir l'univers confié non pas aux archanges Gabriel ou Michel ni aux sephiroth de la kabbale mais à ces deux constructions d'un génie évidemment très au-dessus de ce monde et très au-delà de l'entendement des hommes que sont l'espace et le temps, Dieu a donné naissance aux nombres.

Tout au long de l'histoire de la pensée, il n'a pas manqué de grands esprits pour défendre la thèse de l'éternité des nombres. Comme tout le reste (y compris Dieu ?), les nombres sont en vérité une invention et une conquête des hommes. Nous savons désormais que les nombres apparaissent en Mésopotamie, trois mille ans avant notre ère, dans les royaumes d'Élam et de Sumer, à l'emplacement de l'Irak d'aujourd'hui. Ce sont les hommes qui les pensent, les organisent, les combinent, ce sont eux qui leur donnent leurs noms et qui en tirent les principes et les conséquences qui se confondent, comme chacun sait, avec l'univers lui-même. Mais comme tout le reste aussi, les hommes ne peuvent penser les nombres que parce que Dieu a créé les conditions nécessaires pour qu'ils puissent les penser.

Les nombres ne règnent pas dans le rien. L'éternité du néant est indifférenciée. Ce n'est pas seulement une nuit où, selon une formule utilisée à propos de la philosophie idéaliste allemande, toutes les vaches seraient noires ; c'est une nuit où il ne serait pas encore possible de distinguer les vaches les unes des autres ni de les compter. Dans le néant comme dans la mort, les nombres n'existent pas plus que les couleurs ou les formes.

En créant l'espace et le temps, Dieu, qui est l'Un absolu et unique, crée simultanément cette quincaillerie stupéfiante qui nous paraît si banale : des unités éparpillées, capables d'être rassemblées mais distinctes et qui ne se confondent plus avec lui. L'Un donne naissance aux autres. Du rien qui était tout surgissent des individus qui peuvent se réunir et se combiner, mais qui sont séparés les uns des autres.

XVII

Avec l'espace et le temps, avec les nombres, avec la nécessité et le hasard tombés tous ensemble de cette main de l'Éternel dont nous savons bien qu'elle n'est pas une main et de son esprit qui n'a rien à voir avec le nôtre, le monde sort du néant.

XVIII

Au moins en deçà du mur de Planck, nous connaissons désormais à peu près, grâce aux progrès de la science et plus particulièrement de la physique mathématique, les détails de l'explosion primitive et nous pouvons comprendre et expliquer *comment* les choses se sont passées au cours des premières minutes et surtout des fameuses trois premières secondes de l'univers. Le *pourquoi* nous échappe complètement. Le *comment* relève de la science. Le *pourquoi* appartient au roman.

La question du *pourquoi* ne se pose que dans l'hypothèse d'un Dieu créateur. Elle ne se pose pas dans l'hypothèse d'un univers né du hasard. Mais si le *pourquoi* est éliminé par le hasard, nous avons vu que le hasard lui-même est éliminé à la fois par la rigueur inflexible de l'ordre du monde et par le surgissement de l'espace et du temps qu'il est difficile de porter à son crédit. Nous voilà une fois de plus rejetés du côté de Dieu, personnage principal du formidable roman sur rien qu'est la naissance du monde. Qu'est-ce qui a bien pu pousser Dieu à faire sortir notre tout de ce tout primitif qui se confondait avec rien ? Pourquoi y a-t-il quelque chose au lieu de rien ?

XIX

La première réaction d'un individu né et installé sur le troisième objet céleste massif à tourner autour du Soleil, la plus simple, la plus élémentaire, est de croire que le monde est sorti du néant pour parvenir jusqu'à lui.

Le décor est majestueux. Plusieurs milliards d'années depuis le rien. Quelque chose comme cinq milliards d'années depuis la mise en place, dans un coin reculé du ciel en expansion, du Soleil et de cette Terre où il va se mettre à habiter. Trois milliards et demi d'années, un peu plus, un peu moins, depuis les débuts hasardeux et encore timides de la vie d'où il sort. Et puis la marche triomphale vers la station debout, vers le chant, vers le rire, vers l'amour, vers l'homme et sa pensée, il y a quelques dizaines de milliers d'années à peine, un clin d'œil, un fétu de paille. De quoi lui tourner la tête et le rendre ivre d'orgueil au lieu de l'accabler, comme il faudrait, d'un sentiment d'humilité parmi tant de grandeur.

Les dinosaures avant leur disparition, les vertébrés, les primates dont nous descendons ne se croyaient pas au centre d'un univers fait pour eux. Cette conviction naïve est venue aux hommes avec leur pensée. Parce que cette pensée leur permettait de comprendre leur passé après l'avoir reconstitué à la façon d'un détective fier de résoudre une énigme, ils se sont imaginé que l'histoire universelle aboutissait à eux et qu'ils étaient la fin et comme le couronnement de l'immense édifice né, pour les uns, d'un pur et simple hasard étrangement organisateur, pour les autres de la main d'un Dieu mystérieusement créateur.

L'apparition de la pensée est à coup sûr l'événement le plus important de l'histoire de l'univers depuis sa sortie du néant. On dirait que le monde est créé pour la seconde fois. Selon une méthode très différente de la première. La première : un coup de tonnerre dans le vide. La seconde : une greffe sur ce qui existe déjà. Dans les deux cas : une lente évolution à partir d'un point de départ minuscule vers de prodigieuses conséquences.

Capable, par un nouveau mystère, de s'emparer et de rendre compte, grâce au cerveau abrité dans sa tête, derrière ses yeux, son nez, ses oreilles et sa bouche, du tout d'où elle sort et qui l'entoure, de son passé parti ailleurs et de son avenir en pointillé, la pensée a quelque chose de foudroyant qui la rapproche du divin. On peut comprendre qu'elle ait rendu fou de puissance et d'orgueil le misérable primate qui avait décroché le gros lot grâce à elle. Et qu'elle l'ait convaincu qu'il était le seigneur, le but, la fin dernière de la création.

Nous voilà loin du rien par quoi tout a commencé. La création d'abord, la pensée ensuite sont de formidables machines à noyer le néant sous les flots successifs de ce rêve de Dieu que nous appelons le réel. La matière, avec ses atomes, ses électrons, ses positrons, ses protons, ses neutrinos, ses quarks et tout le tremblement. La lumière, avec ses photons, et longtemps personne pour la voir. L'eau. L'air. Les étoiles. Les galaxies. Et puis la pensée qui vous reprend tout ça, qui l'emballe, qui le transforme et qui lui donne un sens – ou une absence de sens, mais qui réclame un sens. Oui, de quoi devenir fou.

Fou de grandeur. Fou de petitesse. La pensée pense le monde. Elle pense Dieu. Elle se pense elle-même. Elle pense aussi la vie de tous les jours, les impôts, la scarlatine, l'argent, la carrière, la sottise, la vanité, la jalousie. Elle est la reine de la longue histoire racontée par le temps sous les yeux d'un Dieu remplacé par les hommes.

Elle aurait tort, pourtant, la pensée triomphante, de croire qu'elle est le but et la fin de l'histoire. Notre passé se compte en millions et en milliards d'années. Notre avenir aussi. Il n'est pas impossible que d'ici quelques millions ou quelques milliards d'années – ou peut-être demain – sorte de la pensée quelque chose d'aussi nouveau, d'aussi puissant et d'aussi inimaginable pour les hommes que la vie pour les étoiles ou la pensée pour les algues.

Nous autres les hommes, nous autres les femmes, nous sommes le sommet et le chef-d'œuvre de la création. Les dinosaures l'ont été aussi, il y a cent millions d'années, son chef-d'œuvre et son sommet. On les trouve maintenant, avec beaucoup de gaieté, sous la terre, dans les musées, dans des films entre Katharine Hepburn et Cary Grant. En dépit de leur pensée et malgré leur orgueil, je doute un peu que le sort lointain des hommes soit beaucoup plus enchanteur que celui des dinosaures. C'est drôle : s'il fallait parier, je parierais plutôt sur Dieu, tombé si bas dans nos sondages, que sur les hommes si contents d'eux.

XX

En dépit de la formule célèbre d'Einstein – « Dieu ne joue pas aux dés » –, Dieu est un joueur qui n'en finit jamais de donner des preuves de son faible pour le hasard. Régie par les lois implacables de la nécessité, l'histoire universelle est aussi, simultanément et indissolublement, un grand jeu de hasard où tout ce qui paraîtra inéluctable dans le passé aura été d'abord imprévisible dans l'avenir.

Le plus souvent opposés l'un à l'autre, le hasard et la nécessité sont étroitement liés. On dirait que le hasard est l'agent secret de la nécessité et que l'un et l'autre sont au service de Dieu.

Dans le grand jeu de l'univers, à l'image indéfiniment répétée de l'explosion primitive, à l'image aussi de l'origine de la vie – et même, d'une certaine façon, de l'origine de chacun d'entre nous –, des flots de nécessité sortent de hasards minuscules.

Comme dans n'importe quel jeu, il y a dans le jeu de l'histoire, avant et après la vie et la pensée, des gagnants et des perdants, des vainqueurs et des vaincus. Les hommes attribuent souvent les hasards qui ont décidé de leur destin à ce qu'ils appellent leur étoile. Il n'y a pas de grande figure, de conquérant, de découvreur, d'inventeur, de créateur qui n'ait pas, au moins une fois dans sa vie, été servi par le hasard. Une rencontre. Une occasion. Une situation passagère à saisir par les cheveux. Les Grecs anciens honoraient un petit dieu appelé Kairos, qui veillait sur l'instant opportun, sur le moment précis où il fallait s'emparer de l'avenir. L'empereur Napoléon, qui, plus que personne, croyait à son étoile, avait l'habitude de demander à l'officier à qui il avait l'intention de confier un commandement s'il était heureux – c'est-à-dire s'il avait de la chance.

Chacun d'entre nous a eu au moins une chance : celle d'être né. Comme toutes les chances, cette chance originelle aussi peut se retourner. Pour des raisons différentes et à peu près innombrables – l'argent, l'amour, la santé, l'orgueil, la vanité, toutes les passions, des plus hautes aux plus basses, tous les froissements de l'esprit et du corps –, il y a des gens malheureux. Beaucoup maudissent le hasard qui les a fait sortir de ce néant où personne ne souffre jamais. « Les enfants que je n'ai pas eus, disait Cioran, ne savent pas tout ce qu'ils me doivent. » Et déjà l'Ecclésiaste : « J'ai préféré l'état des morts à celui des vivants ; et j'ai estimé plus heureux celui qui n'est pas né encore et n'a pas vu les maux qui sont sous le soleil. »

XXI

Tout un aspect de notre monde n'est jamais étudié, et rarement évoqué : c'est son côté comique. Un comique amer, naturellement. Un comique cruel. Très comique, malgré tout. Dès ce début si minuscule avec des détails gigantesques et de grandes espérances encore enfouies sous le chaos et dues à un hasard ironique ou à un Dieu qui s'amuse de ses pouvoirs sans bornes.

L'histoire offre sans aucun doute de quoi sourire et de quoi rire. Passons assez vite sur ce qu'il y a d'amusant et de gai dans le comportement des animaux, familiers ou moins familiers, qui nous entourent. Ne parlons même pas des jeux de mots, des saillies des vainqueurs ou des vaincus, des dernières paroles des mourants, des traits d'esprit, des situations irrésistibles. Quand Villiers de l'Isle-Adam s'écrie sur son lit de mort : « Eh bien ! on s'en souviendra de cette planète ! », quand Woody Allen, soucieux d'une vie douteuse après la mort, finit par se demander s'il y a même une vie avant la mort, quand une actrice célèbre répond à un journaliste qui lui demande combien elle a eu de maris : « En comptant les miens ? », comment ne pas rire de notre humaine condition ? Nature et culture fourmillent de drôlerie.

Les gaietés du hasard sont évidemment accidentelles. Dieu, en revanche, si c'est à lui que nous devons d'être là, est un joueur invétéré. On soutiendrait volontiers que sa création est un grand jeu, tragique bien entendu, mais aussi comique où, tous, nous tenons, plus ou moins bien, nos rôles. Le pouvoir est une comédie, l'argent est une comédie, la vie sociale est une comédie, le sexe est la plus tragique et la plus comique des comédies, tous les péchés capitaux, à commencer par l'orgueil, sont de formidables comédies.

XXII

Que l'histoire, si souvent comique, soit aussi et d'abord tragique, tout le monde le sait, personne n'en doute. Elle est tragique parce que, sortis du néant grâce aux mécanismes habituels du hasard et de la nécessité, nous retournons au néant par le jeu de ces mêmes mécanismes. « Dieu, nous dit Paul Valéry, a fait le monde de rien. Le rien perce. » Le rien perce tout au long de nos vies misérables et brillantes. Et, à la fin, après avoir joué avec nous comme le chat avec la souris, il se jette sur nous et il nous dévore. L'histoire est une parenthèse au cœur de l'éternité. Les hommes sont une parenthèse au cœur de l'histoire. Chacun de nous est une parenthèse au cœur de la foule des hommes. Tout cela fait un cortège d'exceptions qui courent vers le désastre, un feu de paille qui ne pense qu'à s'éteindre. Tu es poussière et tu retourneras en poussière.

Le monde est une vallée de larmes. Et une vallée de roses. La vie est une fête. Une fête délicieuse et très gaie. Et une fête sinistre. Comme l'indiquent avec évidence ses premiers pas hors du rien entre surabondance et absence, l'univers est un oxymore.

XXIII

Il y a du mal dans le monde. Et dans des proportions si effrayantes que, de Job au goulag et à la Shoah, de la chute de Troie, de Carthage, de Rome, de Bagdad, de Constantinople, de Berlin au tremblement de terre de Lisbonne, aux éruptions du Vésuve ou du Krakatoa, aux raz de marée un peu partout ou aux famines en Chine, les hommes se sont beaucoup interrogés sur un Dieu qui permet tant de souffrance. Et qui peut-être l'organise. Quand ils s'obstinent à croire en lui, il leur arrive de le maudire. Et quand ils ne le maudissent pas, ils inventent quelqu'un d'autre, aussi invraisemblable que Dieu, qu'ils appellent Lucifer, ou le diable, ou Ahriman, ou Seth, ou Ah Puch. Les anciens Grecs et les anciens Romains s'imaginaient avec plus ou moins de conviction que les dieux se disputaient entre eux et que Héphaïstos ébranlait la terre et la mer pour embêter Aphrodite, sa femme volage, ou que Jupiter, de mauvaise humeur, à bout de patience ou simplement indifférent, laissait Mars déclencher des guerres sanglantes. Apparemment insoluble et avec Dieu et sans Dieu, le problème du mal et de la souffrance n'en finit pas de tourmenter les hommes.

Le mal n'existe pas avant les hommes qui le maudissent. La souffrance existe avant les hommes, mais le mal n'apparaît qu'avec eux. Pendant des milliards d'années, l'univers se développe dans des tourbillons où, jumeaux ennemis et complices, le hasard et la nécessité se livrent des batailles sans fin. Ni la souffrance ni le mal n'y ont la moindre place. Arrive la vie. Le mal n'est toujours pas là. Mais la souffrance déjà pointe le bout de son nez. Parce qu'il est plongé dans le temps, le monde n'en finit pas à la fois de changer, de vieillir, de se dégrader et de se renouveler. Bien plus résistantes que nous, même les bactéries se transforment. Les amibes dépérissent. Bleues ou vertes, les algues meurent. Et les éponges. Et les méduses. Bientôt, les prédateurs poursuivent leurs proies, les font souffrir et les détruisent. Inséparable de la vie, la mort rôde déjà. Et puis, la pensée surgit. Et le mal avec elle.

Tout se passe comme si Dieu avait mis de force un marché cruel entre les mains de la vie : « J'introduis la vie dans l'univers, mais la souffrance l'accompagne. » Il récidive avec la pensée : « Je te donne la pensée, pourrait-il dire à l'homme, mais, en plus de la souffrance et de la mort qui sont la loi de la vie, tu auras aussi le mal. Et, parce que tu seras libre, tu en seras responsable. »

Bien sûr, ce que la souffrance est à la vie, le mal l'est à la pensée : un compagnon, un moniteur, une mise en garde. Ça nous fait une belle jambe. Ce que nous voudrions savoir, c'est bien autre chose : la souffrance et le mal ont-il le moindre sens ?

XXIV

Les hommes sont libres. Ou ils se croient libres. Ils sont, en vérité, si étroitement maintenus dans un fragment dérisoire de l'espace et dans leur époque d'où il leur est interdit de s'échapper que leur fameuse liberté, dont ils font si grand cas, n'est que trompe-l'œil et illusion.

Ils s'imaginent volontiers pouvoir agir sur le futur et sur l'histoire à venir, mais rien n'est plus nécessaire que l'histoire une fois faite et que le passé accompli. En dépit d'un avenir imprévisible, l'histoire est à jamais immuable. Et même dans l'avenir, s'il est impossible de prévoir les actions et les réactions des individus, il est possible et presque facile de prévoir les mouvements de masse. Personne ne peut savoir si vous franchirez le 15 août prochain le Gothard ou le Golden Gate, si vous traverserez la Manche ou le canal de Suez.

Mais le nombre global des personnes qui se livreront ce jour-là – librement et nécessairement – à ce genre d'activité est tout à fait prévisible. Même si les décisions des individus sont aléatoires et indéterminées, la probabilité des grands nombres relève de calculs assez bien maîtrisés.

Le comportement des êtres humains à l'échelle de l'univers si infiniment grand ne semble pas très différent du comportement des particules dans l'infiniment petit. Tout le monde sait qu'en dépit du déterminisme qui commande la réalité macroscopique, un certain degré d'incertitude règne au niveau des électrons et des autres particules dont il est impossible de déterminer avec précision à la fois la vitesse et la position. De la même façon, il est impossible de prévoir le comportement d'un individu microscopique de notre genre alors même que l'histoire et l'univers poursuivent imperturbablement leur chemin de nécessité.

Peut-être osera-t-on suggérer qu'à l'image des particules, leurs prédécesseurs, les créatures humaines sont libres d'aller à droite ou à gauche, de prendre une décision ou une autre, de choisir tel ou tel chemin, mais que la nécessité de l'histoire de la vie de l'univers en est à peine affectée. Les hommes sont capables de faire preuve de violence, de cruauté, d'avidité, de refuser la justice et la vérité, de trahir leurs serments, de céder à leurs passions, d'écraser les plus faibles. Ils sont capables de choisir le mal. L'histoire s'en fiche. Elle continue. Sinon dans le bien, du moins pour le meilleur du seul monde possible et réel.

XXV

L'immense avantage de Dieu, qui est si peu vraisemblable, est de donner au monde, invraisemblable lui aussi, une espèce de cohérence et quelque chose qui ressemble à l'espérance. Sous l'œil et sous la main de Dieu, l'histoire, incompréhensible sans Dieu, cruelle et paradoxale avec lui, prend un semblant de sens : elle est un discours qui se poursuit, un roman en route vers sa fin, un labyrinthe mis en mouvement. C'est un parcours et un jeu – accidenté comme tous les parcours, incertain comme tous les jeux. C'est une énigme en attente de sa solution hors du temps. C'est une épreuve.

XXVI

Avec Dieu c'est tout simple : la vie des hommes est une épreuve et le monde est le théâtre où se joue cette épreuve.

Toute vie est une lutte contre les éléments, un effort pour subsister, un rôle à jouer pour cet acteur qu'est tout être vivant. La vie est une épreuve pour l'éphémère, pour la fourmi et pour l'abeille, pour le chien et le chat, pour l'âne, pour le chameau, pour le lion dans le désert. Et elle est une épreuve pour l'homme doué de pensée et de liberté.

Au bout de toute vie, il y a un terme de l'épreuve : c'est la mort. Les justes, les bons, les gens de bien qui ont affronté la souffrance et qui n'ont pas cédé au mal ni succombé à la tentation seront récompensés : ils verront Dieu. La vérité leur sera donnée. Ils échapperont au néant et aux flammes de l'enfer où seront jetés les méchants qui auront fait le mal. Instruments de l'épreuve divine, la souffrance et le mal sont enfin justifiés.

XXVII

Ce ne sont pas les philosophes, les astronomes, les physiciens, les chimistes, les mathématiciens qui ont dissipé ce rêve du bonheur après la mort. C'est un navigateur qui avait pensé devenir pasteur, un homme qui aimait la nature et ses espèces, le plus grand des anthropologues, des préhistoriens et des biologistes : c'est Darwin.

Rassemblant la botanique, la paléontologie, l'embryologie et la zoologie dans la biologie, Darwin découvre deux choses qui changent l'image que nous pouvions nous faire de l'univers et de l'homme. D'abord, que le monde et la vie remontent à beaucoup plus loin que ne l'imaginaient saint Augustin, saint Thomas d'Aquin, Bossuet ou même Buffon : à des millions et à des milliards d'années au lieu de quelques milliers. Ensuite, que tous les êtres vivants descendent d'un ancêtre commun, que les plantes sont nées d'une bactérie primitive, que les animaux sortent des plantes et que l'homme est un animal qui s'est mis à penser et un primate modifié. Pressenties déjà par Diderot dans un texte étonnant, puis par Goethe qui se demande si toutes les formes végétales ne proviendraient pas d'une origine unique, ces découvertes allaient bouleverser notre idée du tout autour de nous et du rien avant nous et après nous.

Personne ne pense sérieusement qu'il puisse y avoir, après la mort, une vie éternelle ni un paradis pour les lézards, pour les fauvettes, pour les gorilles, les bonobos ou les chimpanzés. Personne ne pense sérieusement qu'il puisse y avoir, après la mort, autre chose que rien pour les vivants autres que les hommes. Comment pourrait-il y avoir, après la mort, pour les hommes qui sont des singes bavards et savants, des primates adonnés à la poésie et aux mathématiques, des animaux doués d'une longue mémoire et faiseurs de projets, autre chose que pour les créatures dont ils descendent en droite ligne – c'est-à-dire rien ?

XXVIII

Personne, en revanche, ne pense sérieusement qu'il n'y ait pas un abîme entre les méduses, les scorpions, les araignées et même les fourmis et les abeilles, si douées, ou les singes, si subtils qu'ils puissent être, et ce que nous appelons les hommes. En dépit de Darwin et de son transformisme, il y a une frontière infranchissable et d'une clarté surprenante entre les autres créatures vivantes et nous.

XXIX

Nous en sommes là : pour les uns, nous sommes des primates améliorés et nous subirons, après notre mort, le sort des vertébrés et des mammifères auxquels nous appartenons et des singes qui sont nos cousins ; pour les autres, nous sommes radicalement différents de toutes les autres créatures vivantes et il y a en nous comme un pâle reflet du divin.

Faut-il soutenir que la pensée, le langage, le goût de la vérité et de la beauté, le sens du bien et du mal, tout ce qu'on a longtemps ramassé sous le vocable aujourd'hui à peu près disparu de *conscience* suffit à assurer toute la différence, après la mort, entre rien et l'espérance de quelque chose d'ineffable ? L'image que nous nous faisons, dans un sens ou dans l'autre, du grand roman du tout se joue sur cette ligne de partage entre le néant et Dieu.

XXX

Il n'y a qu'un choix, en fin de compte, et tout se joue dans ce choix : entre le néant travaillé par le hasard et Dieu. Nous ne pouvons rien savoir du néant avant le big bang ni du néant après notre vie. Les choses sont si bien tricotées que le mur de Planck et le mur de la mort sont également infranchissables. Mais nous pouvons nous faire une idée de ce qui est possible et de ce qui est impossible. Si l'univers est le fruit du hasard, si nous ne sommes rien d'autre qu'un assemblage à la va-comme-je-te-pousse de particules périssables, nous n'avons pas la moindre chance d'espérer quoi que ce soit après la mort inéluctable. Si Dieu, en revanche, et ce que nous appelons – à tort – son esprit et sa volonté sont à l'origine de l'univers, tout est possible. Même l'invraisemblable. D'un côté, la certitude de l'absurde. De l'autre, la chance du mystère.

Beaucoup, tout au long de l'histoire, et surtout de notre temps, ont choisi l'absurde. Avec ses conséquences. Il y a de la grandeur dans ce choix. Du désespoir. De l'orgueil. De la grandeur. Peut-être par tempérament, parce que j'ai aimé le bonheur, parce que je déteste le désespoir, j'ai choisi le mystère. Disons les choses avec une espèce de naïveté : il me semble impossible que l'ordre de l'univers plongé dans le temps, avec ses lois et sa rigueur, soit le fruit du hasard. Du coup, le mal et la souffrance prennent un sens – inconnu de nous, bien entendu, mais malgré tout, un sens. Du coup, je m'en remets à quelque chose d'énigmatique qui est très haut au-dessus de moi et dont je suis la créature et le jouet. Je ne suis pas loin de penser qu'il n'y a que l'insensé pour dire : « Il n'y a pas de Dieu. » Je crois en Dieu parce que le jour se lève tous les matins, parce qu'il y a une histoire et parce que je me fais une idée de Dieu dont je me demande d'où elle pourrait bien venir s'il n'y avait pas de Dieu.

XXXI

Un des arguments les plus forts de ceux qui ne croient pas en Dieu est que Dieu n'a pas créé les hommes à son image, mais que les hommes ont créé Dieu à la leur. Je ne prends pas du tout à la légère cette boutade en forme de renversement. Non seulement les hommes ont créé Dieu à leur image – que pouvaient-ils faire d'autre, enfermés dans ce monde ? –, mais Dieu les a encouragés dans cette activité. Puisque, pour ceux au moins qui se disent chrétiens, il est descendu parmi nous et s'est changé en homme. Le propre du christianisme, qui se distingue à cet égard de toutes les autres religions, est que Dieu s'est fait homme et qu'il est amour.

Dans beaucoup de religions, les dieux se changent en hommes. Fils d'Alcée, roi de Tirynthe, petit-fils de Persée,

Amphitryon avait épousé Alcmène, fille du roi de Mycènes. Alcmène était très belle et elle était fidèle. Pour parvenir à ses fins, qui n'étaient guère honnêtes, Zeus prit l'apparence d'Amphitryon et eut d'Alcmène abusée un fils qui devait devenir célèbre : c'était Hercule. Dieu majeur de l'Égypte ancienne, Osiris était aussi un homme, tué par son frère Seth et ressuscité par Isis qui recousit pièce par pièce les morceaux de son corps réduit en miettes par l'assassin.

Fils de Dieu comme nous tous, Jésus ne dit nulle part qu'il est Dieu. Il se dit seulement envoyé par le Père et il déclare, par la bouche de Jean, 14,7 : « Je suis le chemin, la vérité et la vie. Nul ne vient au Père que par moi. » Et il dit encore, Jean, 15,12-17 : « Aimez-vous les uns les autres, comme je vous ai aimés. Il n'y a pas de plus grand amour que de donner sa vie pour ses amis. Vous êtes mes amis si vous faites ce que je vous commande (...). Ce que je vous commande, c'est de vous aimer les uns les autres. » Marc, 12, 29-31, s'exprime presque dans les mêmes termes. À un scribe qui lui demande quel est le premier de tous les commandements, Jésus répond : « Voici le premier (...) : Tu aimeras le Seigneur, ton Dieu, de tout ton cœur, de toute ton âme, de toute ta pensée et de toute ta force. Voici le second : Tu aimeras ton prochain comme toi-même. Il n'y a pas d'autre commandement plus grand que ceux-là. » Matthieu, 25, 35-41, met en scène le Fils de l'homme dans sa gloire qui déclare aux justes : « J'ai eu faim, et vous m'avez donné à manger ; j'ai eu soif, et vous m'avez donné à boire ; j'étais étranger, et vous m'avez recueilli ; j'étais nu, et vous m'avez vêtu ; j'étais malade, et vous m'avez visité ; j'étais en prison, et vous êtes venus vers moi. » Les justes, étonnés, lui demandent : « Seigneur, quand t'avons-nous vu avoir faim, et t'avons-nous donné à manger ? ou avoir soif et t'avons-nous donné à boire ? quand t'avons-nous vu étranger et t'avons-nous recueilli ? et nu, et t'avons-nous vêtu ? quand t'avons-nous vu malade ou en prison, et sommes-nous allés vers toi ? » Alors, le Fils de l'homme devenu roi de l'univers leur répond : « Je vous le dis en vérité, toutes les fois que vous avez fait ces choses à l'un de ces plus petits de mes frères, c'est à moi que vous les avez faites. » Dans Luc, 17, 20-21, aux pharisiens qui lui demandent quand viendra le royaume de Dieu, Jésus répond : « Le royaume de Dieu ne vient pas de manière à frapper les regards. On ne dira point : il est ici, ou : il est là. Car voici : le royaume de Dieu est au milieu de vous. »

Le royaume de Dieu est au milieu de vous… Aimez-vous les uns les autres… Toutes les fois que vous avez fait ces choses à l'un de ces plus petits de mes frères, c'est à moi que vous les avez faites… La seule façon d'aimer Dieu est de servir les hommes. Par ses origines, la doctrine de Jésus est un humanisme.

Si Dieu se fait homme, l'homme, pour la première fois, dans le christianisme, se hisse à la hauteur du divin. Un des titres que Jésus, Fils de Dieu, se donne le plus volontiers est celui de Fils de l'homme.

Il est impossible aux hommes de connaître Dieu qui n'appartient pas à ce monde qu'il a tiré de rien. Ils ne peuvent ni l'imaginer ni le concevoir. Ils ne peuvent se faire une idée de lui qu'à travers les hommes. Dans une autre religion, l'islam, Mahomet, qui n'est pas Dieu, est son prophète et il faut passer par lui pour atteindre Dieu comme il est nécessaire pour les chrétiens de passer par le Christ, qui est Fils de l'homme et de Dieu, pour pouvoir atteindre Dieu.

Pour les hommes au moins, Dieu n'est rien sans les hommes.

XXXII

C'est comme ça : pour les hommes au moins, Dieu n'est rien sans les hommes. Si vous voulez aimer Dieu, il faut aimer les hommes. Vous ne pouvez pas aimer Dieu sans aimer les hommes. Vous pouvez aussi haïr Dieu et haïr les hommes. Beaucoup ont choisi cette voie-là. Je ne leur fais pas grand crédit au commerce de l'âme. Je suis de ceux qui croient qu'il est très beau mais très difficile et assez désespéré d'aimer les hommes sans aimer Dieu. Parce qu'il y a quelque chose au-dessus des hommes qui nous est inconnu et nous pousse à aimer les hommes au lieu de les détester. Quelque chose que nous ne pouvons nous représenter, imparfaitement bien entendu, dans la crainte et le tremblement, dans une sorte de paradoxe et presque d'absurdité apparente, qu'à travers les hommes et que nous appelons Dieu.

Dieu sans les hommes est un rêve vide, très proche de rien, un néant infini, une éternité d'absence. Il est une invitation à la solitude et à l'orgueil. Il mène à l'intolérance, à une espèce de folie et souvent à l'horreur. Les hommes sans Dieu sont guettés par une autre forme d'orgueil et par l'absurde dans toute sa pureté. Ils sont, eux aussi, sur le chemin de l'horreur et de la folie.

XXXIII

Une idée comme une autre, et peut-être moins absurde que les autres : Dieu nous a donné la vie pour que nous en profitions. Pour que nous soyons heureux. Pour que nous nous supportions et que nous nous aimions les uns les autres. Et pour que nous chantions les louanges de l'Éternel dans les interstices de la pensée et du mal.

XXXIV

J'ai aimé Dieu, qui n'est rien aux yeux des hommes qui ne sont rien. Je n'ai détesté ni les hommes ni les femmes. Et j'ai aimé la vie qui est beaucoup moins que rien, mais qui est tout pour nous. Je chanterai maintenant la beauté de ce monde qui est notre tout fragile, passager, fluctuant, et qui est notre seul trésor pour nous autres, pauvres hommes, aveuglés par l'orgueil, condamnés à l'éphémère, emportés dans le temps et dans ce présent éternel qui finira bien, un jour ou l'autre, par s'écrouler à jamais dans le néant de Dieu et dans sa gloire cachée.

XXXV

Il y a d'abord le Soleil. Il règne. Il est là. Nous ne vivons que par lui. Il est l'inverse trompeur du néant. Trompeur, parce qu'il ne fait que camoufler le néant auquel lui non plus, au bout du chemin, il ne réussira pas à échapper. Valéry le dit très bien :

Soleil, Soleil!... Faute éclatante!
Toi qui masques la mort, Soleil, (...)
Tu gardes les cœurs de connaître
Que l'univers n'est qu'un défaut
Dans la pureté du Non-être.

Au sud de la France, sur un cadran solaire, en occitan ou dans un dialecte latin :

Sine Soleo Sileo
Sans le Soleil, je me tais

Quand il se couche, nous nous couchons. Quand il se lève, nous revivons. Nous passons. Il demeure. Il est pour nous, mortels, l'image de l'éternité. On est en droit de se dire qu'il est là pour toujours. Et pourtant, comme vous, comme moi, comme nous tous et comme le reste, il passera, lui aussi.

Éclatant, gigantesque, source et promesse de vie, divinité dans le ciel, il est le symbole de ce monde. Et il n'est presque rien. Il y a des milliards et des milliards d'astres comme lui à travers l'univers. Il n'est devenu le Soleil que parce qu'il y a des hommes sur cette Terre qu'il éclaire et réchauffe. Quand le Soleil disparaîtra, les hommes ne seront plus rien. Mais si les hommes, comme c'est probable, disparaissaient avant lui, le Soleil ne serait plus rien qu'une pauvre étoile parmi les autres.

Une étoile passagère. Et une étoile errante. La Terre tourne autour du Soleil qui se déplace dans la Voie lactée, notre Galaxie, qui ne cesse elle-même de s'éloigner, et de plus en plus vite, des autres galaxies. Depuis que notre tout est sorti du rien, tout bouge à toute allure partout autour de nous. Dans l'espace. Et dans le temps.

Le Soleil, en attendant, est la beauté du monde. Le monde est beau parce que le Soleil est là. Et il est beau un peu partout. Sur la mer, sur le désert, sur les montagnes, sur les fleuves et sur les rivières – et même, mais il a du mal, sur nos grandes villes et sur les usines dans leurs banlieues. Il est permis de soutenir qu'il n'y aurait pas de beauté, ni dans la nature ni dans l'art, s'il n'y avait pas de Soleil. Ce qu'il y a de mieux dans le Soleil, c'est la lumière.

XXXVI

Depuis à peine cent ans, nous savons tout de la lumière. Nous savons qu'elle est faite de particules élémentaires sans masse qui se présentent en même temps comme des ondes et que nous appelons des photons, qu'elle transporte du passé, qu'elle se déplace plus vite que tout, qu'elle fait en moins d'une seconde sept fois le tour de la Terre, qu'elle met une seconde à nous parvenir de la Lune, huit minutes à nous parvenir du Soleil et des millions et des millions d'années à nous parvenir des étoiles les plus éloignées de notre misérable système solaire et de notre Galaxie.

Oui, comme de presque tout le reste – sauf le temps –, nous savons tout de la lumière. Sauf l'essentiel. Nous savons comment ça marche, comment ça fonctionne. Nous savons la capturer, nous savons la conserver, nous savons la décomposer et la recomposer. Nous savons comment nos yeux la reçoivent et comment nous la percevons. Nous ne savons pas d'où vient le lien si banal et si fort entre la lumière qui se balade et la vision que nous en avons, ni pourquoi il s'est établi. Ah! bien sûr, c'est tout simple, c'est comme ça. Mais ç'aurait pu être autrement et il est au moins douteux que le hasard ait suffi à ce miracle.

XXXVII

Ni peintre ni sculpteur, ni musicien d'ailleurs, ni mathématicien, ni physicien, ni astronome, aussi peu doué pour les arts que pour les sciences, j'ai beaucoup aimé la lumière. La lumière du jour, le matin, m'a toujours enchanté. Je me réveillais de bonne humeur parce que, rayonnante ou couverte, la lumière était là. Sur Positano, sur Amalfi, sur Ravello et ses jardins, sur la vallée du Dragon, sur Dubrovnik, sur Korčula ou sur Hvar, sur Ithaque ou sur Kash, sur Symi ou sur Castellorizo, sur Karnak ou sur Udaipur, sur les places, les églises, les palais, les escaliers de Gubbio, d'Urbino, de Todi, de Spolète, d'Ascoli Piceno, et même de Pitigliano ou de Borgo Pace, assez dénuées, toutes les deux, de beautés fracassantes, d'Ostuni, de Martina Franca, des petites villes de Toscane, d'Ombrie, des Pouilles, d'Andalousie ou du Tyrol, elle m'a rendu presque fou de bonheur. Plus que les paysages, plus que la plupart des personnages, pourtant souvent enchanteurs ou subtils, que j'ai eu la chance de rencontrer, plus que l'eau, ce miracle, plus que la beauté des arbres, plus que les ânes et les éléphants, plus peut-être que les livres, plus peut-être même que le ski au printemps, la mer au fond des criques ou les femmes qui m'ont donné tant de bonheur en apparaissant, en restant et parfois en s'en allant, ce que j'ai le plus aimé dans ce monde où j'ai déjà passé pas mal de temps, c'est la lumière.

Presque autant que le temps, moins cruelle, plus tendre, moins secrète et moins mystérieuse, mais tout aussi répandue à travers tout l'univers, la lumière m'a toujours semblé murmurer en silence quelque chose de Dieu.

XXXVIII

Présent partout, éternellement absent, Dieu se dissimule dans ce monde. Chacun peut pourtant dresser, comme un chant d'espérance, la liste des événements ou des occasions où il se manifeste soudain – parfois de façon surprenante – avec une sorte d'évidence et d'éclat. Incomplète jusqu'au scandale, stochastique et discutable, voici la mienne qui vaut ce qu'elle vaut et sûrement pas davantage :

– La Genèse, l'Ecclésiaste, l'Évangile de saint Jean.
– Le temple de Karnak à Louxor.
– Le temple de Ramsès II à Gournah.
– *L'Iliade* et *L'Odyssée.*
– L'Acropole d'Athènes.
– Rome entière.
– Palmyre.

– Le groupe de porphyre représentant les deux augustes et les deux césars, au coin de la basilique Saint-Marc et du palais des Doges à Venise.

– Les *Confessions* de saint Augustin.

– Saint-Siméon, près d'Alep.

– La mosquée des Omeyyades à Damas.

– Le chant grégorien.

– Les « Quatre Grandes » abbayes de Provence.

– Fatehpur Sikri.

– Les portes de bronze de San Zeno Maggiore à Vérone.

– Les portes du baptistère de Florence par Ghiberti.

– La *Princesse de Trébizonde* par Pisanello dans l'église Sant'Anastasia de Vérone.

– Le triptyque de la *Bataille de San Romano* par Uccello à Florence, Paris et Londres.

– Le *Saint Augustin* de Carpaccio à la Scuola di San Giorgio degli Schiavoni à Venise.

– Les fresques de Michel-Ange à la chapelle Sixtine.

– *Le Songe de sainte Ursule* par Carpaccio à l'Académie de Venise.

– *Le Songe de Constantin* par Piero della Francesca dans l'église San Francesco à Arezzo.

– Presque tout Ronsard.

– Le *Cavalier polonais* de Rembrandt (peut-être un faux ?) à la Frick Collection de New York.

– La *Présentation de la Vierge au Temple* de Titien à l'Académie de Venise.

– La *Madone Pesaro* de Titien aux Frari de Venise.

– La *Crucifixion* du Tintoret à la Scuola di San Rocco de Venise.

– Le tombeau d'Humayun à Delhi.

– Les stances de *Polyeucte* et la traduction des *Psaumes* de Corneille.

– *Andromaque, Bérénice* et *Phèdre* de Racine.

– Presque tout Bach, et d'abord sa *Messe en si* et ses *Cantates.*

– *Le Messie* de Haendel.

– *La Création* de Haydn.

– Tout Mozart – et d'abord l'andante du *Concerto 21.*

– Presque tout Schubert.

– Plusieurs passages et les dernières pages des *Mémoires d'outre-tombe.*

– *À Villequier* de Victor Hugo.

– Presque tout Baudelaire.

– Plusieurs poèmes de Verlaine.

– *Sur l'eau* de Manet.

– *La Ballade de la geôle de Reading* d'Oscar Wilde.

– Presque tout Péguy.

– Plusieurs poèmes d'Aragon.

– *La Couronne de plumes* d'Isaac Bashevis Singer.

– Un soir de la fin de l'été sur un bateau à voiles à travers le Dodécanèse, dans la baie de Fethiye ou au large de Castellorizo.

– Les calanques de Porto en Corse.

– Une descente à skis, au printemps, de la Maurienne vers l'Italie.

– La vue sur la Jungfrau, le Mönsch, l'Eiger et le Schreckhorn des hauteurs autour de Berne.

– Plusieurs poèmes d'Apollinaire.

– La mort de ceux qu'on aime.

– Une nuit d'été sous les étoiles.

– La charité et l'amour pour les hommes de ceux qui ne croient pas en Dieu.

– Un enfant, soudain, n'importe où, dans la rue ou à la maison.

XXXIX

Dieu est dans le temps, dans la lumière, dans la marche des astres. Il est aussi dans le vent, et dans l'eau, dans la fleur qui s'ouvre, dans la chenille qui devient papillon, dans l'éléphant qui voit le jour, dans l'autruche qui sort de sa coquille, dans tout ce qui naît et qui change. Il est aussi dans ce qui meurt et dans ce qui disparaît, dans le soleil qui se couche, dans Troie livrée aux flammes, avec le marin emporté par la mer et avec le vieillard en train d'agoniser sur son lit d'hôpital. Tout ne se passe que par lui, grâce à lui et en lui – qui est toujours absent. La nature est l'œuvre de Dieu et Dieu, qui est si loin au-dessus de nous, se confond aussi avec elle. *Deus sive natura*, enseignait le bon Baruch de Spinoza qui, avec Descartes et Leibniz, entre Platon ou Lucrèce et Kant,

Hegel, Heidegger, est un de ceux qui se sont interrogés avec le plus de profondeur sur l'univers et les hommes.

Dieu n'est pas seul à animer notre tout et à le faire fonctionner en son absence. Il y a quelqu'un d'autre et, cette fois, très présent, sans qui le monde n'aurait aucune existence – ou une existence si pauvre qu'il ne viendrait à l'idée de personne de s'en occuper ni même de l'évoquer : c'est l'homme. Sans Dieu, il n'y aurait pas d'histoire, mais ce sont les hommes qui font l'histoire.

Souvent anglais, parfois allemands, de grands esprits ont soutenu que le monde n'existe que parce que nous le percevons. Parce que nous le voyons, l'entendons, le sentons, l'éprouvons. Il y avait pourtant avant les hommes quelque chose que nous sommes en droit d'appeler un univers en formation : de l'énergie, un espace en expansion, un temps qui apprenait à couler, des particules, des ondes, des atomes, des molécules, des étoiles, des galaxies, un Soleil et une Terre avec de l'eau et avec des continents. Mais ce quelque chose n'existait presque pas. Il était pure attente.

La vie lui donne une histoire avec de l'imprévisible. La pensée lui donne un sens. Parce qu'il a quelqu'un en mesure de lui répondre, le monde s'éveille à l'être. La lumière se met à briller. Les couleurs se distinguent les unes des autres et forment un tableau éblouissant. Longtemps absents comme les couleurs, les sons commencent à se faire entendre. Une odeur enivrante sort enfin de la terre et de l'eau. Il n'y avait rien avant le monde. Le monde avant la vie n'est encore presque rien. Le monde avant la pensée est déjà quelque chose – mais vraiment pas grand-chose. Le monde ne devient ce qu'il est – c'est-à-dire tout pour nous – qu'avec l'arrivée de l'homme. Jusqu'à faire oublier Dieu par sa créature, son instrument et son héritier. Dieu a fait sortir le monde du néant pour que l'homme puisse le créer.

À la fameuse question de Leibniz que nous avons déjà rencontrée sur notre chemin : « Pourquoi y a-t-il quelque chose au lieu de rien ? », il y a une seule réponse possible : « Parce que Dieu a distingué le tout du rien. » Mais, à l'intérieur de cette réponse, il y a une autre réponse, incluse, subalterne et annexe : « Parce que Dieu a confié à l'homme le tout tiré du rien pour qu'il en fasse un monde où, grâce à l'espace et au temps, à la nécessité et au hasard, l'absence se change en présence et le mystère en raison. » Avec ses sens et sa pensée, l'homme crée une seconde fois le monde tiré par Dieu du néant infini et de l'éternité du rien.

XL

Le monde n'existerait pas sans Dieu et il ne serait rien sans les hommes. Les hommes, nous le savons déjà, ne sont pas le but, ni le sommet, ni la fin dernière de la création. Mais ils en sont une étape obligée et les architectes associés. Il y a une matière, des choses, des formes, des couleurs et des sons, des objets en un mot, parce qu'il y a un sujet pour les voir ou les entendre, pour les sentir et pour les penser. On pourrait aller – et on est allé – jusqu'à se demander s'il y aurait des objets s'il n'y avait pas de sujet. Le monde n'est rien d'autre que la représentation que nous nous en faisons. Sans sujet, pas d'objets – ou des objets de pur néant.

Il est pourtant remarquable qu'en français au moins, et dans plusieurs autres langues, le mot *sujet*, qui exprime un tel pouvoir créateur à l'égard des objets, s'attache aussi aux créatures soumises, d'une façon ou d'une autre, à une autorité supérieure : le roi et ses sujets ; dix millions de sujets ; un mauvais sujet ; sujet à l'impôt, à des crises, à la colère. Pascal : « L'homme est sujet à la mort. » Mme de Sévigné : « Je vous plains d'être sujette à des humeurs noires. » Et Corneille : « Rome est sujette d'Albe. » Rien de plus haut que le sujet pensant qui donne formes, couleurs et vie aux objets autour de lui ; rien de plus misérable que le sujet dépendant, guetté par le hasard et la mort, assez proche d'une marionnette ballottée par les flots et déjà promise à l'oubli. Entre le monde sur lequel il règne et Dieu qui règne sur lui, l'homme est un sujet aux deux sens de ce mot : presque un roi d'un côté et presque un esclave de l'autre. Comme l'univers lui-même à ses premiers débuts, l'homme est un oxymore : tout, ou presque tout, dans ce monde dont il est responsable, qu'il développe et qu'il transforme, il n'est rien, ou presque rien, au regard de ce Dieu qui lui a confié l'univers.

XLI

Dans les dernières années du XVIIe siècle était affiché dans l'église de Baltimore, petite ville anglaise établie depuis peu au fond de la baie de Chesapeake, dans le Maryland, le texte suivant que je dois – vivent les libraires, si menacés aujourd'hui ! – à l'obligeance de l'excellente librairie « Le Bleuet » à Banon, dans les Alpes-de-Haute-Provence.

Le nom de Dieu n'apparaît pas dans ces lignes anonymes, dépourvues de signature. Elles donnent, me semble-t-il, une image assez belle et assez haute de ce que peut être, aujourd'hui comme hier, une vie d'homme ou de femme dans ce monde plein de tumultes.

Allez tranquillement parmi le vacarme et la hâte
et souvenez-vous de la paix qui peut exister dans le silence.
Sans aliénation, vivez autant que possible
en bons termes avec toutes personnes.
Dites doucement mais clairement votre vérité.
Écoutez les autres, même les simples d'esprit et les ignorants :
ils ont eux aussi leur histoire.
Évitez les individus bruyants et agressifs :
ils sont une vexation pour l'esprit.
Ne vous comparez avec personne :
il y a toujours plus grands et plus petits que vous.
Jouissez de vos projets aussi bien que de vos accomplissements.
Ne soyez pas aveugle en ce qui concerne la vertu qui existe.
Soyez vous-même.
Surtout n'affectez pas l'amitié.
Non plus ne soyez cynique en amour car il est,
en face de tout désenchantement, aussi éternel que l'herbe.
Prenez avec bonté le conseil des années
en renonçant avec grâce à votre jeunesse.
Fortifiez-vous une puissance d'esprit
pour vous protéger en cas de malheur soudain.
Mais ne vous chagrinez pas avec vos chimères.

De nombreuses peurs naissent de la fatigue et de la solitude.
Au-delà d'une discipline saine, soyez doux avec vous-même.
Vous êtes un enfant de l'univers. Pas moins que les arbres et les étoiles.
Vous avez le droit d'être ici.
Et, qu'il vous soit clair ou non,
l'univers se déroule sans doute comme il le devait.
Quels que soient vos travaux et vos rêves, gardez,
dans le désarroi bruyant de la vie, la paix de votre cœur.
Avec toutes ses perfidies et ses rêves brisés, le monde est pourtant beau.

XLII

Dieu est dans la nature sur le mode de l'absence, et il est hors de la nature sur le mode de la présence. Dieu est caché partout, mais il règne au-dessus de nous dans ce que notre ignorance appelle le vide, le néant et le rien. Avant que le monde fût monde et après la fin des temps, le rien et le tout étaient de toute éternité et seront à jamais une seule et même chose. Il n'y a pas de vide parce que, hors de l'espace et du temps, le vide est plein de Dieu. Et le néant n'existe pas parce qu'il se confond avec Dieu.

Puisque rien ne peut sortir de rien, comment l'univers peut-il sortir du néant ? La question agite les hommes depuis qu'ils sont capables de penser. Et ils ont inventé mille fables et d'innombrables subterfuges pour éviter l'invraisemblable vérité : Dieu tire le monde de rien, c'est-à-dire de lui-même.

Dieu est le néant d'où surgit notre tout. Il n'existe pas au sens où existent les choses et les êtres plongés dans l'espace et le temps. Il est de toute éternité puisqu'il est à la fois le rien et le tout, l'être et le néant.

Il est impossible aux hommes de comprendre quoi que ce soit à ce rien qui échappe aux lois qui nous gouvernent. Et qui, pour nous autres – fantômes égarés dans l'orgueil et sur notre misérable planète perdue dans une banlieue lointaine de l'immense univers et contrainte, devinez donc par qui, de tourner pendant quelques milliards d'années avant de disparaître à jamais –, ne peut être, par définition, qu'une énigme insoluble.

Il nous est seulement permis de nous raccrocher, dans le délire de la raison et dans le désespoir, à cette folle espérance : Dieu n'existe pas, mais il est. Il n'est rien d'autre que rien – c'est-à-dire tout. Et il nous envoie, de très loin, ou plutôt d'ailleurs, des signes chiffrés et transparents : son Fils, des prophètes, des chefs-d'œuvre improbables et plus grands que les hommes, le temps, la lumière, une beauté déchirante, la vérité, poursuivie d'âge en âge avec obstination et pourtant hors d'atteinte, une justice toujours boiteuse, la fin de tout sans exception et notre mort à tous qui n'aurait pas le moindre sens si la gloire de Dieu – avant même de régner sur notre tout à nous qui n'est qu'une parenthèse, un rêve, une illusion toute-puissante – ne régnait pas aussi et déjà sur ce tout primordial dont l'autre nom est ce rien où nous retournerons et que, dans notre folie, nous appelons le néant.

Du même auteur (suite)

Aux Éditions Robert Laffont

Voyez comme on danse, 2001.
Et toi mon cœur pourquoi bats-tu, 2003.
Une fête en larmes, 2005.
La Création du monde, 2006.
La vie ne suffit pas, Bouquins, 2007.
Qu'ai-je donc fait, 2008.
Discours de réception de Simone Veil à l'Académie française et réponse de Jean d'Ormesson, 2010.
C'est une chose étrange à la fin que le monde, 2010.
C'est l'amour que nous aimons, Bouquins, 2012.
Un jour je m'en irai sans en avoir tout dit, 2013.

Aux Éditions J.-C. Lattès

Mon dernier rêve sera pour vous,
biographie sentimentale de Chateaubriand, 1982.
Jean qui grogne et Jean qui rit, 1984.
Le Vent du soir, 1985.
Tous les hommes en sont fous, 1986.
Le Bonheur à San Miniato, 1987.

Aux Éditions Nil

Une autre histoire de la littérature française (t. 1), 1997.
Une autre histoire de la littérature française (t. 2), 1998.

Aux Éditions Julliard

L'amour est un plaisir, 1956, épuisé.

Les Illusions de la mer, 1968, épuisé.

Aux Éditions Grasset

Tant que vous penserez à moi, entretiens avec Emmanuel Berl, 1992.

Aux Éditions Héloïse d'Ormesson

Odeur du temps, 2007.

L'enfant qui attendait un train, 2009.

Saveur du temps, 2009.

La Conversation, 2011.

Composition et mise en pages
Nord Compo à Villeneuve-d'Ascq

*

Achevé d'imprimer
sur Roto-Page
par l'Imprimerie Floch
à Mayenne,
en juillet 2014.

*

Dépôt légal
juin 2014.
Numéro d'imprimeur
87098

Imprimé en France